Para Susy

· · · · · · · · ·

For Susy

Text copyright © 2008 by Teresa Cárdenas
Illustrations copyright © 2008 by Margarita Sada
English translation copyright © 2008 by Elisa Amado
Published in Canada and the USA in 2008 by Groundwood Books

Groundwood Books / House of Anansi Press
110 Spadina Avenue, Suite 801, Toronto, Ontario M5V 2K4
or c/o Publishers Group West
1700 Fourth Street, Berkeley, CA 94710

We acknowledge for their financial support of our publishing program the Canada Council for the Arts,
the Government of Canada through the Book Publishing Industry Development Program (BPIDP) and
the Ontario Arts Council.

Library and Archives Canada Cataloguing in Publication
Cárdenas, Teresa
Oloyou / Teresa Cárdenas; illustrations by Margarita Sada;
translation by Elisa Amado.
ISBN-13: 978-0-88899-795-1
ISBN-10: 0-88899-795-7
I. Sada, Margarita II. Title.
PZ7.C196Olo 2008   j863'.64   C2008-900531-7

The illustrations were done in oil on canvas.
Design by Michael Solomon
Printed and bound in China

Oloyou

Teresa Cárdenas

ILUSTRACIONES / PICTURES BY
Margarita Sada

TRADUCCIÓN / TRANSLATED BY
ELISA AMADO

Libros Tigrillo   Groundwood Books   House of Anansi Press
Toronto Berkeley

En el principio de los siglos no existía nada en el Universo. Sólo oscuridad, silencio y vacío. Y como Dios aún era un niño y no sabía inventar las cosas, se aburría enormemente en aquellas sombras que parecían no acabar nunca.

In the beginning, before the ages that were to come, nothing existed in the Universe. There was only darkness, silence and emptiness. And because God was still a child and didn't know how to invent things yet, he was very bored in those never-ending shadows.

Un día se hartó de tanta soledad y, sin saber lo que hacía, cogió una nube que pasaba cerca y le empezó a dar vueltas entre sus manitas. Alargó aquí, puso un pedacito allá, moldeó acullá. Cuando terminó se dio cuenta que había creado la primera criatura del mundo.

Sin embargo, ésta no se movía. Parecía de piedra.

One day he got sick of being lonely and, without knowing what he was doing, grabbed a cloud that was passing by and began to turn it around in his little hands. He pulled at it here, added a piece there and mounded it up into a pile. When he was done, he realized that he had created the first creature in the world.

But the creature didn't move. It seemed to be made of stone.

Entonces Dios-niño sopló sobre ella y, al instante, la figura cobró vida y, saltando de sus rodillas, empezó a dar volteretas de un lado a otro.

Al contrario de lo que piensan muchos, la primera criatura no fue un dinosaurio, ni un ave, ni el hombre.

Era suave, cariñosa y no se cansaba de jugar ni de que le acariciaran el lomo.

Por eso, el niño Dios le dijo:

—Te llamarás Oloyou el Gato, y serás mi primer amigo.

Then God-child blew on it. The creature came to life right away and, jumping off God's knees, began to leap around.

Despite what many people think, this first creature was not a dinosaur, nor a bird, nor a human being.

It was soft and loving, and it never tired of playing nor of having its back rubbed.

That's why God-child said to it,

"You shall be called Oloyou the Cat, and you shall be my first friend."

Juntos se divirtieron por largo tiempo y el niño lo consentía en todo, aunque a veces, el minino no hiciera caso de sus llamadas y se trepara a otras nubes dejándolo solo.

For a long time they had fun together. God-child gave in to all of Oloyou's whims. But sometimes the cat didn't answer his calls and ran off to play on faraway clouds, leaving him all alone.

En una ocasión en que jugaban al "salto al vacío", Oloyou perdió el equilibrio y entonces, la primera criatura del Universo cayó y cayó en las tinieblas sin fin.

Then one day when they were playing Jump into Nothing, Oloyou lost his balance. The first creature in the Universe tumbled and fell into the unending darkness.

Como aún no se habían inventado la tierra ni el cielo, ni la noche y las estrellas, ni el día y el sol, el gato fue a parar a las profundidades de la Nada, donde estaba Okún Aró, el Mar infinito.

As neither the earth nor the sky had been invented yet, nor the night and the stars, nor the day and the sun, the cat ended up falling into the depths of Nothing, wherein dwelled Okún Aró, the infinite Sea.

Al viejo y huraño Mar no le agradó la ruidosa llegada de aquel extraño ser de las alturas, pero no se atrevió a ofender al primer amigo de Dios. Así que decidió hacerle una casita de coral bien lejos de su palacio, donde no tuviera que verlo tan a menudo. Allí permaneció el gato por largo tiempo, sin tener la menor idea de cómo regresar a lo alto.

The ancient, stand-offish Sea was very unhappy about the splashy, noisy arrival of the strange being from on high. But he was afraid to offend God's first friend. The old one decided to build the cat a little coral house, far from his palace, so that he wouldn't have to run into him very often. Oloyou stayed there a long time, for he hadn't the slightest idea how to return to the heights.

En el reino de Okún Aró todo estaba oscuro y quieto. Sólo en algunas ocasiones, su hija Kandili salía del palacio y entonces el fondo del mar se iluminaba con su belleza.

In Okún Aró's kingdom all was usually dark and calm. But every now and then, his daughter, Kandili, emerged from the palace. Then the depths of the sea were lit up by her beauty.

La piel de la joven era muy negra e irradiaba una rara luz, debido a sus innumerables escamas de sirena. Sus ojos eran grandes e intensos, y su pelo flotaba en las aguas como una larga y blanca estela. Ondulaba como en un sueño, impulsada por una flexible y hermosa cola ataviada de caracoles y estrellas de mar.

Kandili's dark skin glowed with a rare light that seemed to shimmer from her mermaid scales. Her eyes were large and intense, while her hair trailed a long, luminous wake through the water. She moved as though in a dream, propelled by her handsome tail, which was studded with snails and starfish.

Oloyou no podía entender cómo siendo Okún Aró tan viejo y amargado, tenía una hija tan bella. Cada vez que la divisaba a lo lejos, se enamoraba más y más.

Pero acercarse al palacio le estaba prohibido terminantemente, así que no podía hablarle de su amor a la princesa y la tristeza lo embargaba.

Oloyou could not understand how Okún Aró, who was so old and bitter, could have such a beautiful daughter. Every time he saw her from his faraway perch he fell more and more deeply in love with her.

But he was strictly forbidden to approach the palace, so he couldn't speak to the princess, and he was overcome with longing.

Cuando el resabioso Mar oía sus maullidos, rodeaba las murallas de su palacio con algas venenosas y hacía surgir inmensos remolinos de agua fría y arena.

—¡No te acerques! —gruñía molesto—, ¡No permitiré que mi hija hable con un animalejo que sólo sabe treparse a los corales gigantes y dormir sobre el techo de su casa!

....

When the angry Sea heard the cat's melancholy mewing, he surrounded his palace with poisonous seaweed and stirred up immense whirlpools of cold water and sand.

"Don't come anywhere near here," he growled viciously. "I won't let my daughter speak to some miserable animal who spends his time jumping around from one giant coral reef to another and who sleeps on the roof of his house!"

Sin embargo, Badilé Onché, el invisible mensajero del amor, se compadeció del gato y, volando sobre el enorme palacio de coral de Okún Aró, envolvió a Kandili en un sueño intranquilo.

But he hadn't counted on Badilé Onché, the invisible messenger of love, who flew around Okún Aró's enormous palace and wove a spell of restless sleep around Kandili.

La joven no volvió a tener paz en los días que siguieron. Nadaba de un lugar a otro como perdida, tarareaba canciones que no había escuchado antes, suspiraba mirando a ninguna parte desde su ventana.

In the days that followed, the princess could find no peace. She swam in circles as though she were lost, sang songs she had never heard before, and sighed as she stared out her window into nowhere.

Un día, por fin, divisó una figura borrosa que se aproximaba lentamente.

Adivinando su destino, la muchacha flotó desde su balcón hasta caer junto a Oloyou.

Finally, one day, she made out a misty figure slowly coming toward her.

Guessing that her destiny had arrived, the princess floated off her balcony until she met Oloyou.

—¡Estaremos unidos siempre! —dijo abrazándolo.

Como por milagro, las aguas sombrías de Okún Aró
se tornaron celestes y cálidas.

....

"We shall be together forever," she said, holding
him tight.

And the dark waters of Okún Aró suddenly turned
sky-blue and warm.

El viejo Mar intentó detenerlos, pero ya era tarde. Aunque
levantó violentas olas no logró separar a los enamorados
quienes, impulsados por las nuevas corrientes marinas,
emergieron de las olas hacia el infinito.

....

The old Sea tried to hold them back, but it was too late.
Although he threw up huge rough waves, he could
not separate the lovers. And the power of his
    furious currents tossed them out of the
        water and into the infinite
            heights.

En el aire, Kandili se hizo inmensa y manchó con su negrura radiante lo que después sería Otenagua Erú, o lo que es lo mismo: la Noche en el Cielo. Su pelo se abrió en el firmamento dibujando por vez primera estrellas y luceros.

. . . .

In the air Kandili grew huge, and her radiant darkness filled what would become Otenagua Erú, which means the Night in the Sky. Her hair opened in empty space and filled the firmament with brilliant stars.

El gato, por su parte, subió y subió hasta caer en la mano abierta de Dios-niño.

Entonces éste, adivinando el amor de su amigo por la bella sirena, le dijo:

As for the cat, he flew higher and higher until he fell into God-child's open hand.

God, understanding his friend's great love for the beautiful mermaid, said to him,

—Desde ahora hasta el final de los siglos, tú, Oloyou el Gato, mi primer amigo, serás la luz que viaja en el Universo.

Y soplando dulcemente sobre él, lo dejó caer en la inmensidad que ya era Kandili.

....

"From now on until the end of the centuries, you, Oloyou the Cat, my first friend, will be the light that travels the Universe."

And, blowing gently on the cat, he allowed him to fall into the immensity that Kandili had become.

Así fue como surgió el cometa que atraviesa la noche con sus grandes saltos. Al verlo, nadie puede negar que en su interior vive el juguetón Oloyou, el primer gato del mundo.

That is how
the comet, which leaps
through the night sky, came to be.
No one who sees it can deny that
playful Oloyou, the first cat in the
world, lives inside
its brightness.